ネブラスカ、ネブラスカ
Nebraska Nebrasuka

水 田 宗 子
Noriko Mizuta

思潮社

目次

ネブラスカ、ネブラスカ　水田宗子

My ネブラスカ

人が住めば
土地は傷痕を残した
略奪の哄笑　奴隷の歯ぎしり
響きと怒り
支配と裏切り
ネブラスカには奴隷制度がなかった
荘園の木綿花摘みも
エプロン姿のパンケーキ作りも

西部劇もない
幌馬車は無事到着した
昔　ここは沼地と草原
傷跡の残らぬ
無垢の土地
歩くと風は足跡を吹き飛ばし
無垢が戻ってきた
いま　黒人のいない
沼地は埋め尽くされ
草原はとうもろこし畑
壮絶な夕焼けが記憶を覆い隠した
異性愛とキリスト教の
白人の街

石油も出ない
核実験もない
取り残された
白人の街
デモクラット不在の民主主義の街
ここは途中休憩の場所
Absalom もここで休んだ
　もっと南へ行こう
もっとディープへ
夕焼けもとうもろこし畑も知らぬ顔
素知らぬ姿の卑怯者
　もっとディープへ行こう
負けた男たちの

誰も解放されない土地へ
奴隷の女たちを孕ませよう
搾取するのは怨念
　敗北者たちの弱点
ここはなにも挑発しない
夕焼けととうもろこし畑
どこまでも介入しない
風景だけの土地
逃亡奴隷の中継地
沼地に飛び降りて
這い上がったもの　沈んだもの
誰もここには留まらなかった
痕跡は残さない

稲妻の裂ける閃光が
一瞬奥底を照らし出す
だが
土地を掘り起こせば
出てくるのは農園の化石
おお　my アントニオ
憤ったぶどうの
種　種　種
砂嵐の運んだ
余所の石ころ
どこまで掘っても
沼地と草原の無垢は見えないまま
もっとディープへ　もっと　もっと

遅い時間に痺れを切らし
サトペンが見捨てた街
時差に支配される
掘り起こし
隠れ続ける
無垢なるものへ
ネブラスカ　ネブラスカ
アメリカ大陸の真只中
世界の知らない穀物畑
放っておかれて
たどり着いた
白人の街
西部劇なしに原住民を追い出した

同性愛オフリミット
ユダも　イシュメルも
いじめの対象
恐れられ　いじめられ
早々に退散
こんなところに住めるか
とうもろこし畑の勝利と敗北
牛の餌の資本主義
機械仕掛けのトラクターが主役
虫もいない
雑草も生えない
化学畑
世界中が買い手

敵味方おかまいなし
動物は文句を言わない
加工すれば
無宗教　無思想
だが土地だけは
誰にも分けてやるものか
無垢を埋め尽くし
支配を見て見ぬふり
夕焼けに頼る癒しとケア
早い時間に乗った移動者の
ここはひと休みの土地

ネブラスカの草原

太陽はやがて白い光を沈め
赤い空気となって拡散した
トウモロコシのきり株
土塊の一つぶ一つぶを支配する
空と大地が共謀する
草原の昼間
露骨な黄金の支配

目潰しを受けて何も見えなくなった葉は
じっと身を固めている
黄色をしのぎ
痛みが反撃する
この灼熱の光の
肌への浸透
痛みは防げるか
構える表皮
黄金の空が引いていくのを
待つ
草原の夕焼け
赤色の制覇は
もう少しの辛抱だ

沈む太陽の
赤い沐浴の時
消えていくものの
身支度
いっときの身ほどきは
まだ来ない

焼けただれた身体は
いとも速やかに回復してくるだろう
ピストルも
リンチの革紐も持たない
抵抗の時間
ネブラスカの夕焼け

あとには
夜が待機している
夕暮れの星々は
赤に奪われたまま
闇がすかさず地平線を隠すだろう
雲の流れは
素早く
冷気に変わり
肌を撃つ
空の凶器
動く空に翻弄されまいと
ネブラスカの草原の
永遠の夕焼け

長引く赤色の抵抗

どこでもない

大陸の
真ん中の
とうもろこし畑
地平線を
埋め尽くし
空を
沈めていく
不動のまま

実をもぎ取られていく
荒っぽい
収穫の季節

動くのは
空だ
律儀に動いて
時を知らせようとする
動くのは
ねずみの群れ
時に従い
時に追われる
動くものたち

採り残しの実
こぼれ落ちた粒
落ちこぼしの宝物を
素早くさらっていく
ここは遺伝子実験場
最強のとうもろこし畑は
時を無視した
無限の広がり
どこでもない
動かない場所
虫の大群も退散
トーネードも避けて通った
居直りものたちの

楽園
ねずみたちの
永遠の牧歌

幻の列車

ネブラスカの街はずれを
幻の列車が走り去っていく
黒と白に分けられた席の残像
人間と動物の席には
境がない
最後部の車両には扉がない
落ちていくのは

黒い席の乗客
飛び降りていく
黒い塊
落ちた先は
沼地の入り口
車輪の音と
逃げる足音のビート
全てを吸い込む
沼地
消えていくものものの
眠りの場

目覚めるのは

コーヒーの香りだ
砕かれた豆を通過し
沼地のように
ブツブツと
泡立ち
独り言して
色も味も濃厚
際立つ香り
濾過された
アメリカン
らしからぬ
アメリカン

目覚めの時
いつも
遠くに列車が走る
尽きない車両
コンテナを積み
動物や穀物
そして
眠っているものの
消えない
意識を乗せ
そこは
空の車両
大きな

底なしの
沈黙
出来事の
墓

ここは　始発駅
はじまりで
終わりの駅
ここを過ぎると
列車は　消えてしまう
地平線を走るのは
幻の列車だ
息を潜む逃亡者の

過去も
幻の積み荷

アレン通り

あの人は二人で座り
二人で詩を読んだ
ネブラスカで
一本だけの名のない通り
石を投げられた
スナイパーのように
消しゴムが飛んできた
ビルの屋上の

見えないところから
ホテルに泊まれない街
男二人が嫌いな
名のない通りの
毛布にくるまり
怯えて　凍えて
詩を読んだ
男二人で

＊アレン・ギンズバーグのネブラスカ州リンカーンでのポエトリーリーディング。

ネブラスカの街　オマハ

この街は
かつて
アーティストの街だった
土地は相変わらず平べったいが
街路樹が茂り
路上のカフェに
陽を遮る影を作っている
影のマスク

肌の色はぼやけて
もう誰だって構わない
誰もが
昼休みの夢想
カフェの中では
もう詩の朗読が始まっている
ここではヒゲも大丈夫
ヤマカもパス
落日の長さは
地平線までの一本道
馬の走りより遅く
いつの間にか
平たい地球

一面の
紫の目醒め
ジャズが聞こえている
サックスとベース
フルートの高音
ピアノが流れをそそのかす
ネブラスカの川は動きを止め
草に覆われた記憶の川のせせらぎ
草原のリズムが
モダンなリズムに蘇る
たった一度の
ネブラスカの目覚め
コーヒーの香りは消えて

バーボンの匂い
ここは
パリでも東京でもない
草原のジャズカフェ
ネブラスカのモダン都市

あの頃
ここで
ひと休みした
ここまで乗ってきたのは
鳥という名前の飛行機
何時間も待った末の
シカゴからのローカル線

もうとっくに廃線になった
いつかここで
昼寝をした
ネブラスカのアーティストたちの
街で夢想した
あの頃のヨーロッパではなく
あの頃のトウモロコシ畑でもなく
あの頃から続く
ネイティブな
アメリカのモダン
どこでもない場所で
どこにもない場所で
アメリカン演劇の

生まれた場所
アメリカの
幻景の中で

遠くで
草が揺れている
そんなに乱れないで
もうしばらく
もうしばらく
死者たちが
眠る時間を
このままで

動かぬ水　映画『スティルウォーター』に寄せて

草原の川は
曲がっても　曲がっても
ひとえに走る
だが
草原を出ると
強情に動かない
ネブラスカの隣りオクラホマの
スティルウォーターという名の街の

川になる
海は遥か三千里
このままどこにも行き着かない
静かな川
流れぬ川は
澱んだ川
汚れたものをみな引き取る
石油にまみれ
ケンカの血も吸い込んだ
不在の伝統の貯蔵庫
ここでは勝つために戦う
自分の勝利は
自分の手で

お前の正義はお前のもの
いつだって自分の正義以上の
正義はない
ここに留まっていよう
世界に見つけ出されないように
スティルウォーター
腐ったたってかまやしない
負けた男たちの
沼地

ネブラスカには石油が出ない
一攫千金のお話もなし
政府から土地をもらい

原住民を追いやって
白人だけの勝利の地となった
ジョン・ウェインのように
帽子を斜めにかぶらず
早打ちの名手もいない
主人も奴隷もいないので
余所者だけが余計もの
ここには
ヒーローはいない
とうもろこしをもぐ男たち
買い手は世界の果て
ここには姿を見せない
食肉人種たち

ヒーローでもなく
悪魔にもなれない
隠れた資本家たち

娘はマルセイユへ出て行った
父親は石油会社で首切り
母親は自殺した
マルセイユでアラブ女を愛した娘
多人種社会の刑務所暮らし
帰りたいスティルウォーターの街
懐かしいアメリカニズム
父親もマルセイユでの愛をすて
自分の居場所へ帰ってくる

なり損ないの
国籍離脱者
アメリカンヒーローは
どこへ行ってしまったのか
お前のいない土地は
川を止めてしまうのだ

短い滞在

ここから出ていくのは
都会へ行くためではない
ここにきた人は
生まれたところを目指したのだ
この草原は
秘密に満ちた
生まれた家
ここに生きた時間は

短い滞在
すぐに
出ていく時が
迫る

草原は
出ていくための故郷
逃亡中の
幻の宿
身を隠す
沼の布団
奴隷制度不在の
黄金の支配

とうもろこしが
皆を引き止める
切り株は陵辱を埋め込み
草の根には悲鳴が滲んでいる
だが
それはみな
牛の餌
どこもかしこも
化石だらけ
意味不明の
化石が
この地を有名にする
世界から人は来ないが

ローカルな観光地
掘れば宝物が出る
この地の遺産
恐竜と暴力の
石だらけの
幻の文明
沈黙し続ける
草のファサード
南北戦争の遺産なし
無垢から
暴力へと
一足飛び
皆を追い出した

誰もいない文明
白人の街
とうもろこし畑よ
そんなに揺れて
引き止めないでほしい

もういっぱい
コーヒーを飲んでから
出て行こう
ホテルは
もう
チェックアウトした
ほんのひと時の

訪問
生まれた場所への
里帰り

目を覚ますと

目を覚ますと
どこかで
列車が走っている
鈍い音
今日はここを出る日だ
ホテルのある
ダウンタウンには駅がある
駅前の一本の通り

開拓時代の
夢の名残り

その先には
昨日見た
とうもろこし畑
平らな
あくまでも　平らな
見渡す限りの
地平線の
一筋まで
さようなら

どうしてここへ来たのか
何処かへの行き道ではない
帰り道でもない
この街が目的
大陸の真只中の
歴史ゼロ地点
恐竜の爪が
穴に潜んでいる
真っ白な化石の
白一色の街

名のない場所
人はもう駅舎を使わない

もう
貨物列車は
奴隷を運ばない
動物を乗せ
穀物を乗せ
収容所へ運ぶ
レンガ作りの倉庫へ
こんな平原の只中に
古くても動く
貨物列車
世界は一面の
無時間
過去は見えない

無垢の痕跡も
卑怯者の戦略も
草原に隠れたまま
目覚めても
朝は来ない
夢の続きなのだ
夢の風景には
風は吹かない

ここは原点
アメリカの原点
歴史不在の
草原

アメリカファーストの
幻点
ある時は身を隠し
ある時は悪巧みの寝床
見知らぬアメリカの街
お父さんが出て行き
お母さんが酒を飲む
兄さんが銃を持ち
妹がシカゴ路上をうろつく
物語はないままの
故郷ではない故郷
見知らぬアメリカの街
アメリカの故郷

詩人たちが愛した
夢想する土地

草は歌っている
あらゆるものを隠しながら
沈黙する化石を抱きながら
雨の中
風の吹く日も
日照りの時も
あめりか物語は
全て東部の作り話
民主党のＡＩの作業
陽の当たる場所も

ギャツビィの緑の灯火も
みんな嘘で固めた物語
ここは
サイレントな原点
幻のマジョリティ

駅前の店で
荷役人が
コーヒーを飲んでいる
白い男たちの広場
貨物列車が走っていく
左も右もアメリカ大陸の
真ん中の地点を

どこか
わからぬ場所に
向かって
ここは
白人の街
ここを守らなければ
アニーよ　銃を取れ
なんでもない街は
よそもの立ち入り禁止

欲望の領土

ここは昔
お前の領土でもなかった
領主を追い出して
自分のものにしたものたちは
おまえ自身も
とうの昔に消えた
放棄したのでも
贈与したのでも

強奪されたのでもない
あり続ける
土地
おまえの欲望は
砂土に埋もれ
おまえの策略は
掘り尽くされた
現れてくる秘密など
どこにもないのだ
ピラミッドは空っぽだった
大昔も
水源はそこになかった
露出してくるものに

湿り気はない
消え失せたものよ
空の領土に
封印された鳴き声など
乾いた土壁から
這い出してくることは
ない
内なる音は
とっくに吐き出された
内は空で
外は荒地なのだ
個人主義者の末路
境の見えぬ乾燥地で

おまえは何を
待っているのか
一人勝負の
おまえの出番は
もうとっくにないのに
とうもろこし畑は
大企業の欲望
アメリカの理想
自由主義の
欲望の畑は
もうない

おまえの欲望など

どこにも痕跡がない
土地
欲望を力に
いっとき乗っ取ったものたちは
霞む地平線から
もう消えていった
あり続けるのは
この土地
欲望に陵辱されたものたちが
荒地にした
この土地
いのちよりも欲望よりも
生き残る

出立の時間が迫っている
とうもろこしを食べよう
ネズミと一緒に食べよう
動くものはネズミだけにして
ここを立ち去ろう
夕焼けが土地を覆うとき
一瞬姿を表す
ここは不動の
原風景
詩人たちとバーボンを飲もう
テントを貼って
アメリカ演劇の

端役を演じよう
欅並木が影を作る
戦後モダンのオアシス
単独講話をした者たちの
もらえなかった
兵士の給与の代わりに
ここで昼寝をしよう
帰り支度をする前に
目覚めて
一本の道を行こう
その果ての
幻風景を
通り越して行こう

時差

狂った時間の眠りから
目覚めると
列車の走る音
朝焼けの地平線を
走り続ける
果てのない
真っ赤な世界

昼は確実にやってくる
時間は永遠の頑固
ネブラスカの地平線は
太陽の支配
ミッドウエストの灼熱
熱を集めて一直線
どこまでも続く
列車はいつでも走っている
とうもろこしを刈って
広い草原
どちらを見ても
風が吹いていく
時を追って

遠くへ　さらに遠くへ
風は吹き去る
ここには終わりはない

昼寝から覚めると
夕焼けの空
ネブラスカの地平線には
境も切れ目もない
動き続ける時に
お構いなし
見渡す限りを
優しくなった
太陽に塗りつぶされて

草原はいつもの癒しの時
誰でもだまされる
時まで埋めた草原
脛に傷もつ者たちの
旅の宿
観光名物の廃屋巡り
煉瓦の建物も
木造の小屋も
太陽に晒され
平原に取り残された
時は連れ去ってはくれない
ここには化石も遺跡もある
いつか昔の栄光が

突然蘇る　と
幻の詰まった草原
化石にならない
生残者も逃亡者も
いなくなった
列車は運び続ける
名のない駅へ向かって
人の食べ物の型なき原型
動物たちの大好物
薬物汚染おとがめなし
最近はグラスフェッドが人気
森林伐採の木材
河岸を掬った砂利

そして
ここから
出ていく者たち
帰っていく者たち
南から北へ
大陸横断の旅
脱出を夢見る者たち
ルート66のフォンダたち
どこまでも運び続ける
魂の貨物列車

東京に立つと
昨日の時間

ネブラスカは
明日の出来事
あんなにエンジンが火を噴いたのに
翼は懸命に羽ばたいたのに
時を追い越せなかった
何もかも
逃げ切られたまま
東京には
朝焼けも夕焼けもない
昼は潜んでいよう
タワーマンションで
時をやり過ごそう
アスファルトを渡る

太陽に見つからないように
時に持っていかれないように
明日起きたことを

非地

ネブラスカの草原には
埋蔵品がある
掘り起こされても
掘り起こされても
絶えることはない
見つけたものは
展示され
オークションにかけられ

観光客人気の
宝物
押し寄せる
つるはし担いだ宝探し軍団
だが
本物の宝は見つからない
掘っても　掘っても
そこには届かない
深い地層の底
草原にはとうもろこしが実り
刈り取ればのちは
切り株だらけのウェスト・ランド
ネズミたちの繁栄

耕作が終わった季節
虫が一斉に鳴く夕暮れ
暗闇に狐の目が光る
いっときだけの野生
わたしも掘りたくなった
短い滞在だが
Tokyo に帰る前に
ひと山当ててみたい
誰も探せなかった
本物の
無垢を
探し当てたい
草原に夕暮れが迫ると

辺りは真っ赤な夕焼け
もうこれで十分ではないか
商品はこんなに掘り当てた
だまし絵の草原
一流の芸術作品
この美しい草原をそのままにしておこう
ネブラスカの誇り
我らがとうもろこし畑
男たちはつるはしを置き
葉巻きを咥える
ネブラスカの草原は
音に満ちてくる
遠くで列車が走っている

逃げていく足音が聞こえる
わたしの足音も混じっている
逃亡者を導く女の
馬のひずめの音
女のヒーロー　ヴィラよ
わたしはそこまでしか
遡れない
ネブラスカの草原は
過去を埋め尽くし
一回だけの訪問者
一回だけの時を受け入れ
動かないままだ
無垢を埋蔵する

ネブラスカの草原は
そこには至れない
非地

詩集

『春の終りに』八坂書房、一九七六年
『幕間』八坂書房、一九八〇年
『炎える琥珀』（大庭みな子との往復詩）中央公論社、一九九六年
『帰路』思潮社、二〇〇八年
『サンタバーバラの夏休み』思潮社、二〇一〇年
『アムステルダムの結婚式』思潮社、二〇一三年
『青い藻の海』思潮社、二〇一三年
『東京のサバス』思潮社、二〇一五年
現代詩文庫『水田宗子詩集』思潮社、二〇一六年
『影と花と』思潮社、二〇一六年
『ぼくと2まい葉』（絵・小原風子、文・水田宗子）ポエムピース、二〇一七年
『うさぎのいる庭』（イラスト・オカダミカ）ポエムピース、二〇二〇年
『音波』思潮社、二〇二〇年

おもな研究書・評論・エッセイ

『鏡の中の錯乱――シルヴィア・プラスの詩選』静地社、一九八一年
『エドガー・アラン・ポオの世界――罪と夢』南雲堂書店、一九八二年

『ヒロインからヒーローへ――女性の自我と表現』田畑書店、一九八二年
『フェミニズムの彼方――女性表現の深層』講談社、一九九一年
『物語と反物語の風景――文学と女性の想像力』田畑書店、一九九三年
『居場所考――家族のゆくえ』フェミックス、一九九八年
『ことばが紡ぐ羽衣――女たちの旅の物語』思潮社、一九九八年
『山姥たちの物語――女性の原型と語りなおし』（編著）学芸書林、二〇〇二年
『二十世紀の女性表現――ジェンダーの外部へ』学芸書林、二〇〇三年
『女性学との出会い』集英社新書、二〇〇四年
『尾崎翠――『第七官界彷徨』の世界』新典社、二〇〇五年
『高麗川の流れのほとりにて――水田宗子の人生ノート』埼玉新聞社、二〇一〇年
『モダニズムと〈戦後女性詩〉の展開』思潮社、二〇一二年
『大庭みな子　記憶の文学』平凡社、二〇一三年
『奪われた学園』幻冬舎、二〇一七年
『詩の魅力／詩の領域』思潮社、二〇二〇年
『富岡多恵子論集――「はぐれもの」の思想と語り』（編著）めるくまーる、二〇二一年
『白石かずこの世界――性・旅・いのち』書肆山田、二〇二一年
『吉原幸子　秘密の文学――戦後女性表現の原点』思潮社、二〇二三年

ネブラスカ、ネブラスカ

著者　水田宗子《みずたのりこ》
発行者　小田啓之
発行所　株式会社思潮社
〒一六二 - 〇八四二　東京都新宿区市谷砂土原町三 - 十五
電話　〇三 - 三二六七 - 八一五三（営業）
〇三 - 三二六七 - 八一四一（編集）
印刷・製本　創栄図書印刷株式会社
発行日　二〇二四年十月二十日